글벗시선 238 송미옥 세 번째 시집

들꽃의 노래

송미옥 지음

세 번째 시집을 내면서

복잡한 마음과
행복한 감정들을
글자로 남기며 때론
위안받고 위로 받았던
한 부분이 이제는
얼마나 큰 힘이 될 수 있다는
사실을 알게 되었습니다.

들녘의 길가에
흔한 들꽃을 보면
나도 모르게 눈을 맞추며
잔잔한 미소가 번지고
가만히 미소 짓게 합니다.

그 길 위에서 만난 것들이
시로 남아 있습니다.

부족한 글이지만
한 편 한 구절이라도
보는 이의 마음에 와 닿기를
바라는 마음입니다.

2025년 2월

차 례

제2부 초여름 스케치

제3부 가을 코스모스

제4부 겨울 이야기

제5부 꽃처럼 쉬어가라

제1부

봄 마중

희망으로 눈뜨는 봄

모진 추위 이겨내고
살며시 얼굴 내민 생명
사랑스럽다

겨울이 지나면
새봄이 오듯 시간은 늘
흐르고 흐르네

찬바람 속에서도
희망의 새싹은 조용히
준비하네

눈 덮인 들판 위에
손길 닿으면
새롭고 화사한 봄이
꽃망울 틔우고
우리 모두의 봄을
희망으로 품고 싶네

봄까치꽃

길가 풀섶
어디서나 쉽게 볼 수 있는
앙증스러운 귀요미 소녀야

봄이 왔다고
기쁜 소식 알려주며
옹기종기 모여 앉아
별처럼 빛나고 있구나

너와 눈 맞춤하러
낮은 자세로
겸손의 기쁨을 배운다

너의 조용한 숨결
작은 존재에서 느껴지는
청초한 네가 참 좋다

봄 향기

부는 바람 따라
길을 걸으면
바람결에 실려 오는
냉이 씀바귀 달래 향기
귀여운 새싹들
상큼하게 돋아나고
여리고 여린 꽃봉오리
앳된 미소 짓는다

새 옷 갈아입은 들녘
기다림 속에 기지개를 켜는
싱그런 봄나물

온누리에 봄 기운 퍼지면
떠나리라
향기와 팔장을 끼고

목련의 봄

긴 기다림 끝에
가지마다 우아한 자태로
연등을 품은 듯
불을 밝히고

감싸고 있던
묵은 껍질을 스스로
벗어 버리고 나온 꽃망울

온 우주를 담아낸 여리지만
순백의 비단을 두른 듯한 꽃잎
청초하면서 고상한 기품이
넘쳐 흐른다

후드득 떨어질
그 찰나의 아름다움
목련아 훨훨 날아라

봄 마중

추위에 떨던 나무
아침 햇살을 맞이한다
여기저기 온기를 찾아서

가지마다 눈을 비비며
바깥 세상 나들이했다는
종알대는 수다가 많기도 하다.

싹을 틔우기에 분주하고
꽃피우기에 힘들지만
싱그러운 내음에 온기가 돈다

동토에 서러운 눈물이 흐를 때
반가움에 마음껏
노래 부르리

숨겨졌던 그대의 이름
미소가 절로 나는 그대
이름을 나는 부르리

개나리꽃

화사한 봄볕에
따뜻한 사랑 먹고
가지마다 옹알거리며
빛나는 노란 미소

마음 따라
봄길 따라 느껴지는
그대 마음처럼

널 바라보면
나도 모르게 미소가
피어나고
밝은 생기가 넘친다

민들레 사랑

좁다란 길목 풀섶에
키 작은 꽃 한 송이

차가워진 바람에도
아랑곳하지 않고
노랗게 방실방실 해맑게
웃는다

환경 탓 않고 납작 엎드려
주어진 환경에 순응하며

밟혀도 오뚝이처럼
일어서는 강인한 생명력

오고 가는 이들에게
따뜻한 위로가 되어준다

어찌 사랑스럽고
아름답지 않으리

여백의 삶

눈보라 속을 헤치며
살아왔던 날들의 지친
모습을 뒤돌아본다

자연에 순응하듯
어느새 흰 머리가
여기저기에 솟아난다

우리의 삶은
즐거운 일과 기쁜 일보다도
고통과 아픔의
슬픈 날이 더 많다

지금은
고통마저 추억이 되었다

이제
삶의 무게 줄이고
아름다운 사랑으로

보듬는다

행복이라는 여백으로
넉넉히 채우며

빈카꽃

그대에게 부는 바람은
분홍빛이었나요
보랏빛이었나요

돌아보는 추억엔 즐거움이요
걸어가는 모습은 아름다움이라

오는 날과, 오는 날에도
단아한 맵시로
보랏빛 노래 목청껏 불러주오

봄 향기 날리는 이 좋은 날에
나 넋을 놓고
당신만 바라볼 테요
이 봄이 다 가도록

낮은 자리에서

우리는 서로에게
모든 것을 줄 수 있지만
아무것도 바라지 않습니다

바라는 것이 없어도
서로가 순응할 수 있을 때

우리의 사랑은
낮은 자리에서
서로 닮아갑니다

풀꽃처럼

높고 푸르른 하늘에
마음 놓고 안겨 가는
구름처럼

스스로 민초라
부르며 쓰려져도
벌떡 일어나는
풀꽃

타고난 성정에 따라
조그맣게 빛나는
풀꽃처럼

불만 없이 조용히
살아가는 그런
소박한 삶이고 싶다

물안개

새벽 여명이 가시기 전
수면 위로 피어나는
신비로운 꽃

가슴 속 응어리진 사연 품고
어스름 달빛에 젖어
물안개로 피어나

몽실몽실
미지의 세계 펼친다

자연 그대로의 여백이 주는
고요하고
몽환적인 풍광과 환상적인
풍경

새하얗게 몽글거리며
경이로운 분위기에
빠져든다

비는 내리고

묵은 통증이 쏟아진다
흐느끼며 내린다
진종일 생각하고 생각하며

산에도 들에도 마음도
어느 하나
고운 기색 어리지 않은 것 없다

너의 풍족한 에너지로
신록은 생기가 넘치고

빗물 그렁그렁 매달고
성큼 가을이 오려나 봐

빗방울

풀잎 끝에
방울방울 은구슬
꽃잎과 풀잎마다
눈부신 수정처럼
모이는 작은 사랑

세상이
아름다워라

눈부신 빛의 감동
자연의 작은 신비
빗방울 빛이 나듯

서로가 마주 보는
생명은 소중해라
하늘이 내린 빗방울
세상이란
건반을 울리며 연주한다

무지개

비 내린 뒤
아주 잠깐 떴다가
금방 사라지는 무지개는
신기루 같아

자연이 빚어낸 걸작
하늘 도화지에 자연이
화가가 되어 그려낸
아름다움

마음을 신비로 물들이고
희망을 심어준다

경이롭게 피어나는
일곱 빛깔 화음으로

순간의 풍경이 시가 되어
흐른다

스노우플레이크

너는 어느 별에서 왔니
날씬한 몸매에
하얀 면사포 쓰고

바람결에 하늘하늘
초록 연지 찍고서
흰 파도 마냥 춤을 추어라

귀엽고 사랑스러운
너의 모습에 내 마음
신비와 환희로 설레니

아, 청초한 꽃잎에
살짝 입맞춤하고픈
그대라는 순백의 세상!

어머니 꽃밭

송홧가루 날리는
고향길
길 끝에 집 하나 덩그러니
나를 반긴다

곳곳에 묻어있는
어머니의 온도가 따뜻해
눈물이 난다

유난히 꽃을 좋아했던
어머니
건너간 그곳에는
어떤 꽃 피웠을까

눈 감으면
보일 듯 보이지 않는
나의 어머니

꽃을 사랑해서
꽃의 계절에 떠난 어머니

어머니 꽃밭에
흰 모란잎이 뚝 떨어져
나를 아프게 한다

글이랑

상상의 나래를 펴고
현실을 자유로이 뛰어넘는
네가 너무나 좋아

마른나무에 꽃 피우고
새들 맘대로 노래시키며
쓸쓸하면 비를 부르고
들뜨면 햇살을 데려오니

더러는 빛으로
더러는 향기로

눈 감고 천지를 거닐고
녹음 속에 마음을 힐링 할 수 있는
너는 으뜸가는 소통이어라

푸른 계곡과 잔잔한 호숫가에서
오늘도 나는 너를 줍는다

행복과 행운

살랑살랑 바람 부는 날
길을 나서면
지천으로 널려있는
토끼풀꽃

너의 우아한 행복
세 잎이 흔들린다

행운을 잡으려 쪼그리고
앉아 눈 부릅뜨고 찾지만
보이지 않은 행운

네 잎에 내 잎을 더하면
행운도 함께 올 텐네

행운 대신
행복을 한 아름 주었었지

잠시 스치는 행운을 잡으려
놓치지 않으려
두 손 꼭 잡았었네
작지만 소소한 행복을 꿈꾸네

수련

아침 햇살 머금고
밤새 오므렸던 꽃봉오리
곱게 물 위로 떠오르면

우아한 여인의 품위에
마음이 그윽해진다

흐트러짐이 없이
곱게 곱게 여민 매무새
정신을 가다듬어
고스란히 가라앉는 여유

정결한 그 얼굴
야단스럽지 않게
안으로만 굽혀 드는 품성

아, 수줍은 고요 앞에
마음이 더없이 차분해져!

제2부

초여름 스케치

민들레 홀씨

바람 불면
속 씨 가득 담아
바람과 손잡고
긴 여행길 오른다

하얀 꿈을 품고
강을 건너고 산을 넘어
바람과 시간에 몸을 맡긴 채

전설 속 별이 되고 싶어
바람길 따라 자유로이
하늘로 오른다

가냘픈 깃털 흩날리며
자연에 순응하며
사랑 찾아 가네

노랗게 노랗게
또 다른 희망의 꽃을
피우기 위해…

들꽃

미세한 바람에
흔들리는 여린 가슴

누가 애써 가꾸지 않아도
길섶에 다소곳이 피어
날 바라보고 있는 줄
몰랐다

너의 마음속 뿌리는
얼마나 강한 걸까

바람에
흔들리고 흔들려도
동그랗게 일어서는
가련한 생명

내 사랑하리라

노란 수선화

바람이 스치면
그녀는 조용히 고개를 든다
긴 침묵 끝에서 피어난
노오란 꽃봉오리

겨울을 지나온 뿌리는
어둠 속에서도 길을 잃지 않고
봄의 길목에서
다시 노래를 부른다

바람에 흔들리면서도
꺾이지 않는 수줍은 속삭임

고결한 아름다움
내 마음에도
꽃 한 송이 피어나리

삶의 뒤안길

말없이 흐르는 시간
아물지 않는 기억들
세월의 흔적으로 남는다

우리는
저마다의 수고로움과
상처와 아픔을 견디며
살아간다

언젠가는 홀연히 사라질
껍데기인 것을

산다는 것
마지막 갈 길을 알기에
한발 한발 내디딤의
조심스러움

못내 아쉬워 불사르는
석양처럼
서산의 해는 말없이
기운다

구절초꽃

단아한 향기로움
나무 그늘 사이
하얗게 피어난 구절초

하늘하늘 흔들리는
꽃잎 위로
한 자락 햇살이
내려앉는다

잔잔한 미소
순백의 꽃잎

흔들리는 순간 속에서도
은은하게 빛난다

가던 길 멈추고
눈을 맞추며 가을 서정을
꼭 껴안아 봅니다

삶의 길에서

우리는 어디서 와서
어디로 가는 걸까
걸어온 길
걸어가야 할 길

마음을
비워놓을 줄 알아야
비워진 그 자리에 새로움이
담기듯

매듭달에서
해오름달에 이르러
깃털처럼
가벼운 마음으로
욕심 없이 산다면
때때로 아름답지
않겠는가

생각하는 세포

한 톨의 쌀알 속에
삶이 숨 쉬고 있다

한 송이 꽃 속에
우주가 들어 있다

모든 신경 세포를 곤두세워
집중해 보자

그대 머릿속에
생각의 세포가
무한의 우주를 꿈꾸고 있다

그 세포를 살려라
키워라
꽃 피워라

우주의 향기가
영원을 감싸안을 때까지

그리움

뜨거운 태양 아래
주홍빛 능소화 그리움으로
활짝 피었다

담장마다 그리운 임 오실까
임 지나는 담장마다
주렁주렁 꽃등 내걸고

아물지 않은 웃음꽃
눈물 되어 기약 없이
오늘도 애타게 기다린다

해바라기 연가

이글거리는 해만
바라다보다가
목이 길어졌나
둥글게 둥글게
보름달만큼 키를
키웠구나

여린 목 줄기 무거운
씨앗 가득 안고서
거친 비바람 견디며
환하게 웃을 수 있을까

뜨거운 태양으로
고소한 씨앗을 만들며
몹시도 아팠겠다

까맣게 그을린 너의
모습에 고단했던 고흐를
보는 듯 하구나

목단꽃 향기

눈부신 햇살에 우아한 자태
뽐내며 탐스러운 꽃잎
비단처럼 빛난다

벌도 날아와 윙윙거리고
나비도 날아와
샛노란 꽃밥을 헤집어 놓는다

은은한 향기 찾아온
것이리라
무리를 지어 풍성풍성
부와 명예의 상징꽃
함박웃음 지으며 넉넉한
모습이 내 어머니 모습을
보는 듯하다

란타나 사랑

뜨거운 햇살 아래
색색의 빛난 꽃잎
올망졸망
오묘한 색깔에
내 마음 온통 설렘으로
물들었네

한 나무에
다양한 환한 미소
발길을 붙잡는
팔색조 매력쟁이

너의 신비로운 향기
내 마음에 담으면
너처럼 나도 고와질까

풀

푸르고 상큼하다
넘어져도 일어선다
죽어도 살아있다

풀은 밟히고 살아도
사람에게 가지 않는다

물살에도 뿌리내려
자라서 제자리에
천연의 영토를 지킨다

우주를 버티는
가장 낮은 힘이다

녹턴

가을바람에 얹어
느리게 밤을 걷는다

찌르르 찌르르르
생명의 울음 한 줌

어느 풀잎에 앉았다가
밤마다 일어나 모이는 걸까

들은 만큼
귀청을 파고든다

별들도 내려오고
반딧불은 음표로 박히고

가을밤을 연주하는
풀벌레 소리

선율이 되어
밤새도록 흐르고 흐른다

비움

요즘 세상은
풍요롭다 못해
차고 넘친다

넘치는 풍요로움은
나를 어지럽힐 수 있다

내가 품을 수 있는 건
한계가 있다

우리는 빈손으로 왔다
언젠가는 빈손으로
떠날 것이다

움켜쥐면 놓지 않는
욕심인 것을

움켜쥐고 있는 이 모든
것들의 의미는

무엇일까

비워야만 편안하다
비워야만 진짜 내가 보인다

백일홍

빨강 주황 분홍
앙증스러운 미소로
수줍은 새색시 같아라

키는 작아도
돌 틈 길모퉁이에
큰 꽃들이 위협해도
기죽지 않고 도란도란
당당한 너

낮은 곳 눈 맞추며
하염없이 들여다보고파
앉은뱅이 천사여

백 일 동안 방글방글
그대 있음에 행복하여라

고마리꽃

자신만의 빛깔로
옹기종기
자연의 리듬을 타며
립스틱 짙게 바르고
자연이 빚어낸 몽환적인
아름다움

진한 향기는 없지만
자신만의 자리에서
조용히 빛나는 너의 자태가
눈길을 사로잡는다

키를 낮추며
가만히 눈을 마주하면
입꼬리를 올려주는
너는
가을의 키 작은 요정

초여름 스케치

온 산하가
초록 녹음으로 짙게
물들어가고

좋은 것은 바람같이
지나가는 것

떠나려는 봄 그림자
뒤돌아보는 아련한 뒷모습

또 다른 아름다운 만남
계절이 바뀌면 자연은 다채로운
풍경을 스케치한다

싱그런 연초록 잎사귀
사이로 은빛 햇살 쏟아져

머잖아
붉은 태양이 여름날의
대지를 뜨겁게 달굴 거야

상사화

잎이 지면 꽃이 피고
꽃이 지면 잎이 피네

기다림으로
피어나는 애달픈 사랑

행여나 만날까
애틋함에 꽃대는
목이 자꾸만 길어지고
기다림에 길어진 속눈썹

피고 지고
피고 져도 만날 수 없는
아련하고 슬픈 꽃이여

만날 수 없는 그리움
임 향한 설움이던가

내 마음의 소리

눈을 꼬옥 감고
어둠 속을 헤집어 본다

저 깊숙한 곳에
무엇이 들리는가
무엇이 보이는가

나의 목소리는
어디서 들리는가

모든 신경 세포를 곤두세워
집중해 본다

고요 속에서
말로 표현할 수 없는
편안한 마음

환하게 끌어당기는

빛 아닌 빛
나는 뿌리칠 수
없어 달려왔다

인생의 꽃길만 걷자

이른 아침의
그지없는 고요의 시간이
참 좋다
평화롭다

새로운 오늘에 사랑을
느끼고
신의 음성을 듣는다

우리는
저마다의 수고로움과
상처와 아픔을 견디며
오늘을 살아가고 있는 것이
아닐까

삶의 가지마다
향기 나는 오늘의
인생길 꽃길을 걷자

제3부

가을 코스모스

물망초

어젯밤 꿈길에
별들이 길을 잃었나
별무늬가 내려앉은
모습으로 피었네

청초한 몸짓이
귀엽고 앙증스러운
물망초

아름다운 이 세상에
너를 만난 것이 행복하기에
나로 하여금 너도
행복할 수 있다면 좋겠어

사랑스러운 표정으로
불현듯 외치며

나를 잊지 마세요

오월의 신록

꽃 진자리에
번져가는 초록이
푸르다

푸른 옷 갈아입고
나무가
산들이 그렇고
화사하게 웃는 꽃들이
그렇다

코끝을 스치는 소슬바람
초록 향기로 채워진다
오월의 빛깔
그리운 임의 얼굴인가

모두가 싱싱하면
싱싱한 대로
조촐하면 조촐한 대로

저마다 매력과 아름다움
녹색 물결 눈부시게
춤사위 곱다

자연의 빛만이 우리를
가난에서 건져 주는 구원의
손길이 아니겠는가

유월의 빛

꽃 진자리에
번져가는 싱그러움이
상큼하다

코끝의 향기로움
초록 향기 품은 유월의 빛
그리운 임의 얼굴인 듯

담장 위로 고개 내민 줄 장미
발길을 멈추게 하고
살랑거리는 초록 실루엣
춤사위 또한 곱다

자연의 빛만이 우리를
가난에서 건져 주고
영혼을 위로 받는다

초록빛 속삭임

아침에 눈을 뜨면
다사로운 햇살이 창문을
두드리고

새들의 멜로디
귓가를 간질간질

연둣빛 초록 이파리
심신이 평온하고 마음의
위안이 되고

꽃들도 신록도
마음껏 뽐내는 계절

바람도 상큼하게 오월을
연주한다

가을 코스모스

들풀이 오손도손
보듬어 사는 풀숲

몸달아
피어오른 숨결
네 모습이 나를 미소 짓게
하는구나

청초한 꽃대 들고
설레는 코스모스

가냘픈
소녀의 수줍음이
쓰러질 듯 꺾일 듯
맑은 그리움 닮은 꽃

새빨간 고추잠자리
요염하게 앉았네

물

생명의 근원인 물은
돌고 돌면서 끝내
바다로 향한다

흐르는 대로
담기는 대로
높은 곳에서 낮은 곳으로
순리대로 흘러가는
겸손의 미학

나도 물 같은 사람이 되고 싶다

억새꽃

서늘한 하늘 아래
산허리에 구름이
살포시 걸려있고

보드란 은빛 물결
하늘하늘 춤춘다

달 별빛 스며들면
숨소리 거칠어져

여린 몸 애잔하여라
흔들리는 내 마음

서늘한 무서리 내리면
밤공기 차가워도
사색은 더 깊어라

시든 꽃에게

시든 꽃은 말이 없다.
하지만 얼마나 고단했을까

꽃 같은 시절도 참으로 고맙지만
지금의 네가 더 자랑스럽다

이제
속으로 울 필요는 없다. 더욱이
허리를 꼿꼿이 세울
필요도 없다

인생은 다 그렇듯이
그리 길지 않다.
한 번의 영광이
충분히 너를 행복하게
하지 않았는가

무대에서 내려와서
큰 호흡을 하는
세월의 흔적이 진정 아름답다

여백의 미

자연과 사물을
유심히 바라보라

있는 듯하면서도
없는 듯한 모습
없는 듯하면서도
있는 듯한 마음

미완성 그림처럼
채우려 하지 말자

비우면 삶이 가벼워지는 법
비우는 삶이
행복하리라

비워야만
더 아름다운 순백의 느낌
비로소 보이는 여백의 미

가을 서정

소리 없이 다가온 가을

여름을 붙잡은 잎새가
나뭇잎 사이에 남아
반짝인다

가을바람에 살랑이는
어여쁜 꽃잎처럼 단풍이
아름답게 채워지려는구나

익어가려는 가을이
예쁜 추억 담뿍 담으려고
헐레벌떡 바삐 걸어온다

계절은
농익은 햇살과 오색으로
달려가는 설렘의
그리운 서정

빈털터리 그대

허름한 옷차림
어리숙한 모습
빈손 그대는
진정한 나의 연인입니다

가진 것이 없어
방해받지 않는 우리는
있는 대로
보이는 대로
우리의 사랑입니다

구겨지고 초라한
그대 마음에
내 마음 둘 곳은 많습니다

사랑으로 가는 길에
빈털터리 그대는
내 사랑의 향기입니다

싸리꽃

소슬바람에
실려 온 보랏빛 숨결
눈길이 잘 머물지 않아도
햇살에 고개 숙이며

매혹적인 색감과
은은한 향기에
내 마음 신비와 설렘으로
물들었네

소박한 삶이
가장 단단한 뿌리를
내리듯
싸리꽃은 오늘도
조용히 계절을 물들인다

.

연꽃

아침 이슬 머금고
우아하게 떠 있는 꽃봉오리

흙탕물 속에서
어쩜 그토록 곱게 웃을 수
있을까

곱게 곱게 여민 매무새
세상의 오욕에 물들지 않는
정결한 품성

고난 속에서도 희망의
정신을 가다듬어

흐트러짐이 없이
신비로운 고요 앞에

온 누리에
밝고 맑은 세상
자비롭게 하소서

시간에 물들다

나뭇가지마다
가을이 고운 모습으로
물들어 간다

지나가는 시간도
사계절의 의미를 느끼듯이
물드는 모습을 바라본다

다양한 색깔로 자신의
가치를 보여주는 시간

산 능선을 따라
황홀하게 물들어가는 단풍
낙엽 되어 떠나기 전에
나도 단풍처럼 곱게
물들고 싶다

구월의 노래

태양이
여름의 끝자락에 걸리면
문밖에서 서성이는
가을

아직은
모두 낯설어
나뭇잎 뒤로 숨는다

코스모스 갈바람에 나부끼는 틈으로
여름이 지나간 자리

자기 빛깔로 물들어가는
계절처럼
말랑해진다

가을의 문턱

한여름을 뜨겁게 달구던
태양이 가을을 타는가 보다
서서히 떠나려고 한다

하늘은 더 높아지고
구름은 다채로운 모습으로
한 폭의 평화로운 그림을
그린다

쏟아지는 햇살에
산과 들녘이 알곡은 토실토실
황금빛으로 여물어가고

짙어가는 계절
풍요로운 향기를 싣고
농부들의 땀방울이 탐스럽게
익어간다

가을 나무

초록 잎사귀에
가을이 형형색색 물감을
뿌려 놓고 있다

오곡백과와 나뭇잎도
무르익어가고

높은 하늘은
눈부시다

나무마다
가을 햇살에
총천연색의 단풍잎이
반짝인다

변화하는 자연을 보면서
나의 삶을 돌아본다

자연은 나를 조용히
가르친다

가을을 살아가는
나무를 보며
우리의 인생을 만난다

개여뀌

길가 풀섶 사이에
수줍게 피어나
가을의 쓸쓸함을
달래준다

조용히 피었다가
여름 지나 찬 바람이
불기 시작할 무렵
그 존재감을 드러낸다

겸손하고
소박한 모습
귀엽고 예쁘다

무리 지어
아우성치듯 나를
생각해 달라고 외친다

작지만 결코 미미하지 않은
존재감이 뚜렷한 들꽃이다

저무는 계절

창밖을 내다보니
쓸쓸한 낙엽이
아쉬움을 뿌려주고 간다

온몸으로
가을이었던 낙엽

이미 예정된 이별
빈 몸으로
모조리 떨구어낸다

차디찬 시간 동안
동면을 견디기 위해
자세 곱게 포개어 앉아서

이제
하얀 겨울을 기다린다

옷깃을 여미며

낮은 공기로 가득하다

몇 잎 남지 않은 나뭇잎이
휘어지다가 떨어진다

기댈 곳 없는 허공에서
떨리는 숨결은
긴 한숨을 내쉰다

가볍게 내려앉은 낙엽
꾸역꾸역 넘어가는
하루 해가 짧다

창 너머
시린 겨울이 옷깃을 여미며
스산하게 걸어온다

제4부

겨울 이야기

구슬 수선화

뜨거운 햇살에
가냘픈 미소가 다소곳이
아름답다

단아하고
맑은 숨결

가만가만 느껴요

청초한 그대라는
세상이 있어
고운 눈길 머뭅니다

화가 이중섭을 기리며

소를 많이 그렸던 화가
이중섭
그의 생을 그린 책을 읽으며
펑펑 울게 된다

소는 우리 민족의 대국적인
강인한 혼의 표상이다

이중섭 친구 박인환 시인은
이중섭을
고즈넉한 모습이
비밀스럽고 순수한 백치미
같은 모습을 지녔다고 평한다

예술인들의 삶이 그렇듯
돈을 쓸 줄 모른다
갈무리할 줄도 몰랐던 화가 이중섭

극심한 생활고에
생존에 많이 허술했다

사과 궤짝만 한 방 하나
네 식구가 살았던 서귀포
그때
그 시절이
가장 평화롭고
행복했다고 했다

극심한 생활고와
가족에 대한 그리움
병마와 싸우다 생을 마감했지만

그의 발자취는
지금도 우리곁에
아련하게 머물러 있다

돌담처럼

나이가 들면
바람을 맞이하는
빈틈이 있으면 참 좋겠다
제주의 돌담처럼

틈이 있어야
숨통을 열 수 있다

틈은 바람결이 드나드는
통로다
바람과 돌담이 공존하는
숨결이다

삶은 이해와 용서라는
틈이 있어야 한다
제주의 돌담처럼

산국

마른 잎 헤집고
빼꼼히
고개 내미는 귀요미

벌 나비 노닐던
달콤한 행복의 오아시스

세월 따라
착잡한 희로애락으로
노랗게 노랗게 물들어

두 손을 잡고
먼 산 우러러 바라본다

살아간다는 것

오늘은
뭔가 좋은 일이
아니면 내일은 좋은 일이
이런 기대감은
아침이면 어제라는 꿈이고
말지만

또 지나간 그 자리에
또다시 기대감 속에서
오늘을 살면서
우리는 희망과 행복을
기다린다

그 행복조차도
사라질 꿈일지라도
오늘의 희망 속에서
기대감을 가지고 살아간다

초겨울 서정

스산하게 차가운 바람이
불어온다

거리 위에 뒹구는 낙엽
길 잃은 영혼처럼
거리를 배회하듯 흐느끼며
쓸쓸한 음률 타고
마음도 깊어지고 풍부해진다

서리꽃 내리는 들녘
아직도 웃고 있는 들국화
가슴엔 따뜻한 온기 그립다

아 계절은
그리움의 연속이어라
못 잊을 사람
내가 그리워하듯이

겨울 이야기

저 멀리
눈 내리는
저 산 너머
그리운 겨울을
떠올립니다

난롯가에 앉아
따뜻한 온기에
눈빛으로 느낌으로도
전해지는
그리운 것들

모락모락
굴뚝의 연기
추억으로
피어오릅니다

기나긴 밤

온돌방과 사랑방에
옹기종기 모여 앉아서
이야기들이 익어가는 시간

그 꿀맛 같은 기억들이
향기롭게 번집니다

저 깊숙이 머물던 감정의
흐름을 타고
내 마음 한구석에
고요히 머뭅니다

다시 만날
봄날을 기다리며

설중매

아직은 눈바람
매서운데
어찌하여 삭풍 안고
성급하게 꽃단장하고
나왔는가

청초하고
고아한 여인 같은
꽃이여

지조의 향기를
너 홀로 내는구나

철없는 너의 고혹한 향기
추워도 그 향기 팔지 않기를

서리꽃 피다

어둠을 앞질러서
아침 안개 오를 때
피는 서리꽃
빈자리 채우려고
나선다

세월의 봇짐을
한 움큼 걸머지고
뚜벅뚜벅 걸어온 시간

어느덧
머리 위에
하얗게 꽃이 피었다

오호라, 온통 새하얀
겨울의 아침

세월의 풍경
신비롭게 빛난다

가을 수채화

맑은 눈빛으로
하늘을 바라본다

파아란 하늘에 그려진
부드러운 붓 터치
평화로운 선율이다

스치는 바람결이
낭만은 숨을 쉬고
계절은 소리 없이 물들어 간다

풀벌레 소리
무성히 깊어만 가고

산과 들이
바삐 움직이고 가을이 달콤하게
영글어 간다

가을은 만물의
온갖 형상을
선물처럼 안겨준다

베들레헴 마구간의 사랑

베들레헴 마구간에서
아기 예수가 태어나셨다

인간의 가족 전통을
소중히 여기시고 다윗의
자손으로 오셨다

화려한 집이 아닌
동물의 집에서 태어나신 것은
낮은 자로서
대속의 제물이 되셨다

그분의 크고 놀라운 사랑
위대한 구원의 사랑으로
인간이 되어
이 땅에 오셨다

그분의 위대한 사랑을

기쁨으로 찬양합니다

이 땅에 재림하소서
아멘

족두리 꽃

서늘한 바람결에
하늘하늘 꽃잎마다
햇살이 내려앉는다

어느 어여쁜 신부에게
화관을 씌워 주려나

송이송이 풍성한
아름다운 족두리 꽃

서리가 내릴 때까지
가을을 지켜주니

신비로운 너의 은은한
매력에 온통 설렘으로
물들었네

커피 한 잔의 행복

삭풍이 불어오는 겨울
따뜻한 커피 한 잔의 여유로
하루를 연다

지나간 삶의 그리움과
다가올 삶의 기대감 속에서
늘 아쉬움이 밀려온다

화려하고 거창함보다는
작은 일 속에서도
보람을 느끼는 삶

때로 커피 한 잔의 여유 속에
미소를 지으며 살아가고 싶다

겨울날의 상념

식어가는 찻잔을 들고
서리 낀 창가에 마주합니다

눈보라 날리는
동토의 혹독한 공간에서
묵묵히, 그리고 조용히
그녀를 그립니다
지금은 어디서 무엇을
하고 있을까

끈질긴 열정으로
뼈저리게 시린 시련 속에서
변할 줄 모르는 너의 의지

문득 별을 바라보면
그녀가 무척이나 그립습니다

내 그리움이

닿을 거리쯤에서
그대가 멈춰서
별이 반짝이는 날
나를 지켜봐 주기를

덴드로비움꽃

하~ 그리워
보랏빛 꽃이 피었다

신비롭고 우아한 분위기
화려하지만 넘치지 않고
고급스러운 너

색동옷을 입은 듯
매력적인 네 모습에 푹
빠져버렸네

다양한 색상의
꽃대가 피는 난초

꽃이 그리운 계절
겨우내
그 빈자리 화사하게
밝혀줄 따뜻한 기운을
느끼고 싶단다

달개비꽃

풀숲에
곧은 꽃대 마디마디
아픔을 꺾어 꽃을 피웠다

무심히 지나치면
보이지 않는다

눈여겨보려면
허리를 숙이거나
쪼그리고 앉아

애간장 녹듯
풀잎은 이슬에 녹아내린다
청색의 물빛 보석

한 줄기 햇살에
하루면 지고 말 달개비꽃
그 하루가 찬란하구나

들꽃의 노래

좁다란 길목 풀섶에
키 작은 들꽃 소곤소곤
앙증맞은 눈길이
사랑스럽다

눈물겨운 작은 세계
화려하게 단장한
그 어느 꽃보다
순수한 네 모습에
내 마음은 너에게로
푹 빠진다

엉거주춤 집으로
돌아오는 길은
참으로
따뜻하다

나도 누군가의 따뜻한
위로가 되고 싶다

지금 이 순간

지금은 다시
주어지지 않는다

그 어떤 것에도
얽매이지 않고

지나간 어제
아직 오지 않는 미래까지
겹겹이 껴입지 말고

지금에 힘을
지금에 집중

몇 번을 다시 태어나도
일백 번 고쳐 죽어도
지금은 다시 가질 수 없다

등나무꽃

수줍게 달려오는
보랏빛 요정은
그리움인가보다

주렁주렁
환하게 웃음꽃 빚어
낮은 자리로 내려오는
사랑의 꽃등

줄기와 더불어
잠시 머물다,
겸허한 사랑으로 남으려나

나의 등불

눈꽃

윙윙 바람이 불고
싸늘한 창가
나뭇가지 가지마다
순백의 눈꽃이 피었다

깨끗한 영혼을 가진
영롱한 눈꽃이여
차가운 보석이여

잎이 떨어져 벌거벗은 겨울

온 들녘이 하얗게
눈꽃이 피어 수정처럼
눈부시게 빛난다

제5부

꽃처럼 쉬어가라

인생의 봄날

사방에서
봄날의 희망이
꿈결처럼 일어선다

따뜻한 사랑을 먹은
꽃들과 나뭇잎도 기뻐하며
더욱 반짝인다

시시각각 변하고
새로워지는 자연을 바라보며
좋은 것만 생각하고
인생의 봄은 언제라도
봄이니

내 마음이 정결히 비어 있을 때
아늑히 다사로울 때
인생의 봄은
비로소 거기 무한한 자족을
느낄 수 있을 것 아니겠는가,

가을 민들레

발길 닿지 않는
길섶
작은 몸 활짝 피어
노랗게 방글거린다

계절은 바뀌어도 희망을
노래하며
봄인 줄 알고 피었어요
환하게 웃고 있는 노란 꽃

작은 몸집이지만
회색빛 선명히 번지는
노란 빛은
가을 하늘만큼이나
환했다

젖은 낙엽

시린 이슬에 씻기고
찬 서리에 할퀴면서
떨어진 잎새

헐벗은 몸매에
빛을 잃어가는 얼굴로
만남 뒤에 오는
이별의 종착지에서
모두가 무심히
너를 밟고 지나간다

허리를 굽혀 너를
포근히 안아주고 싶다

바닥에 뒹굴고
짓밟혀 으스러졌어도
온몸이 온전히 가을이었던
너를

진달래꽃 필 때

흐드러지게 피어있는
진달래 꽃길을 걷는다

다 펼친 꽃잎 아니면
숨은 꽃잎이 아름다운지
모르겠다

어디서든
하늘 내려와 연하게 불타는
너의 입술

그 얇은 입술 만지고 만지며
손잡고 거닐던
옛 친구가 그립다

채송화

노랑 빨강 하얀
천진난만한 미소로
조용히 빛나는 소녀야

키는 작아도
돌 틈에 길 모퉁이에
큰 꽃들이 위협해도
기죽지 않고 도란도란
당당한 너

낮은 곳 눈을 맞추며
하염없이 들여다보고파
앉은뱅이 천사여

꽃처럼 쉬어가라

뭐가 그리 바빠
서두르는가
구름도 쉬어가라 산허리
내어주고

바람도 쉬어가라 산골짜기
내어주는
높은 산 품에 안겨
발아래 세상 굽어보니
덧없는 세상
삶의 무게로 힘들어하는
모습 처연하구나

세상살이 다 그렇지
하지만 누구나 인생은
살만한 것이며

삶의 가치는 저마다

인생이다

삶의 뜨락에 희망과 기쁨이
꽃처럼 피어나 아름다운
색깔로
아름다운 향기로
잠시 머물다 가는 세상

꽃처럼 쉬어가라

마음의 평정

어차피 일어날 일이었다

여름은 덮다
긴 장마가 끝나면
폭염이 온다는 것을

7년간의 긴 땅속 애벌레 생활
보름 남짓
단 한 번의 사랑을 꿈꾸며
애절하게 운다는 것을

계절은 기다리든
기다리지 않든
살며시 우리 곁에
머문다는 것을

알게 모르게
그렇게 가을이

우리에게
한 걸음씩
걸어 온다는 것을

기후 위기 속에서도
자연의 질서는 유유히
흐른다

생명의 숨결

너는 보이지도
잡히지도 않지만
세상 그 어떤 산보다 크고
그 어떤 바다보다 넓다

너의 이름은
어디에도 있고
너의 숨결은
모든 곳에서 흐른다

사랑스럽게 만지고 싶고
안아보고 싶어도
만질 수도 안을 수가 없구나

네가 있기에
내가 살아 숨 쉬고
너는 숨결이 되어
생명의 뿌리 내려
나를 떠받친다

꿈꾸는 봄

겨우내
언 땅에서 온몸으로
겨울을 건넌다

매서운 추위 속에서도
대지는 봄을 꿈꾸고

새봄을 맞을 준비로
모든 생명이 꿈틀거린다

머잖아 찾아올 봄의 들녘은
파릇파릇 새싹으로 번져가고
꽃은 피어 향기로 날아오고

동토의 서러운 눈물이 흐를 때
반가운 마음에
봄날의 설렘 희망의
노래를 부르리라

이른 봄 민들레

좁다란 길목
겨울을 이기고
수줍게 빛나는 샛별

어쩌나
시린 바람에도
아랑곳하지 않고
생존을 이어가는 강인함

주어진 환경
탓하지 않고 밝혀도
오뚝이처럼
다시 일어나

오가는 이들에게
봄소식 전해주니
사랑의 천사 여기 있어라

환희의 봄

엷은 햇살이
화사하게 퍼지면
꿈틀대던 땅속 새싹들
환희로 봄을 반긴다

겨울의 흔적을 지우고
대지는 부드러운
연둣빛으로 물들고

모든 생명이
환희로 초롱초롱
눈 비비며 따뜻한 기운이
스며든다

다시 태어나는 계절
이 계절의 봄이
오래오래 머물 수 있기를

2월의 눈

겨울이 지나가는 것이
아쉬웠나

아침에 눈을 뜨니
온통 은빛 세상

아무리 생각해도
눈밖에는 눈밖에 없다

사방을 둘러보아도
바람과 눈만 나부낀다

이 지상에 먼지를
말끔히 지워버리듯
새순이 돋아나
가지마다 꽃망울 터트린다

꽃물이 줄줄 흐르면 참 좋으리

파도의 삶

세상에 참던 성화
바다 쪽으로 모여든다
이 땅에 피던 미소
바다 쪽으로 모여든다

성화도
미소도 하나
파도가 숨죽인다

지친 몸 여장을 풀며
하얀 세월 눕히는 파도

파도를 보내는
바다는 말이 없지만

냉기 품은 거친 파도
공허한 마음만을 쓸고간다

봄을 깨우다

엷은 햇살이
화사하게 퍼지면
꿈틀대던 땅속 새싹들
환희로 봄을 반긴다

매서운 추위를
잘 견딘 마른 가지마다
꿈틀꿈틀 생명의 소리로
대지는 연둣빛으로 물든다

모든 생명이
환희로 초롱초롱 눈 비비며
따뜻한 기운이 스며든다

다시 태어나는 계절
화사한 얼굴로
다가오는 봄

그 이름도 아름다운
봄이라네

눈 뜨는 봄

봄 햇살에
언 마음을 녹이며
온화한 미소
창가에 스며든다

살랑이는 바람에
스멀스멀 새살 돋아나고
지난 해 떠난 꽃잎
눈 뜨고 있다

우리의 마음도
생기가 돋아나고
대지는 벌써
가쁜 숨을 내쉰다

홍매화

보일 듯 말 듯
하얀 가지에 매달린
빨간 수줍음

피고픈 욕망은 가득하지만
아직도 바람이 차가워
마음은 서성이고 있네

고드름으로 얼어든 그 얼굴
입김으로 불어줄까
심장으로 안아줄까

향기에 머물지 않고
불의에 굴하지 않는
하늘 같은 절개와 지조

투명한 빗방울 사이로
희망의 등불
빨갛게 빨갛게 타오르네

새해를 맞으며

별빛 머금은
영롱한 이슬처럼
새로운 한 해가 상큼하게 열렸습니다

새로운 시작과 출발은
언제나 기대와 희망
설렘으로 다가옵니다

매일매일 순간을
감사하며 새로운 마음으로
살아야겠습니다

붉은 말의 해처럼
힘차게 도약하는 열정으로
전진하는 병오년

온 누리에
사랑과 평화가 널리
퍼지게 하소서

낙엽비

몹시 바람이 부는지
창밖 나뭇잎이
한 잎 두 잎
살포시 떨어지는 소리가
들린다

넋이 나간 듯
귀 기울이며 보니
낙엽 지는 소리가
빗방울 떨어지는 소리 같다

아! 누가 이 가을 속으로
걸어가나보다

누가 이 가을 속에
흐느껴 울고 있나

내 가슴에도 후드득
낙엽비가 내린다

신록

꽃처럼
반짝반짝 빛나는
초록 이파리

산새들 재잘재잘
귀를 즐겁게 하고
솔바람 산들산들
콧등을 간질인다

그 길을 걷다 보면
설렘으로 행복 가득

쏟아지는 햇살에
상큼한 초록 향기가 눈부시다

신록은 꽃이 되어
내 마음 벅차오른다.

가을 단상

숨 막히던 더위가
꼬리를 내리고
소슬바람이
얼굴을 간지럽힌다

어느새 푸른 옷 벗어놓고
새 옷을 입는다

꽃이 진 자리마다
들녘이 풍요롭게 익어간다
자연은 말없이
묵묵히 자기 할 일을 다한다

보이는 것
들리는 것
느끼는 것이
어제의 그것이 아님을
아는 것은 즐거운 일이다

풍요로운 가을처럼
생각도 깊이 넉넉하게
여물기를…

들꽃에서 찾은 사랑의 변주곡

— 송미옥 시인의 세 번째 시집 『들꽃의 노래』

최 봉 희(시조시인, 평론가, 글벗 편집주간)

오스트리아의 시인 라이너 마리아 릴케(R.M.Rilke)는 『말테의 수기』에서 이런 말을 했다.

"쓰지 않고 못 배기는, 죽어도 못 배기는 사연이 있는가? 그때 너는 붓을 들라. 그러면 너는 한 줄의 좋은 글을 쓸 수 있을 것이다."

삶에서 일어난 감동이나 슬픔, 혹은 기쁨을 일기 쓰듯 글로 적는 경우가 있다. 이때 글은 '마음'으로 쓰는 장르다. 왜냐하면 글은 설명하려 들지 않고 정답을 요구하지 않기 때문이다. 여유로운 마음으로 독자에게 자기가 머물 자리를 잠시 내어주는 것이다. 같은 글을 읽더라도 어떤 이는 오래된 기억을 떠올리고, 누군가는 오늘의 감정을 조용히 떠올린다.

요즘 시 이론서나 시론은 지나치게 방법론에 치우쳐서 시의 공부가 마치 손끝 놀림의 기법에 있는 것처럼 말하는 경향이 종종 있다. 사실 자기의 감정을 그려내는 일은 타인의 말이나 생각을 그대로 담는 일이 결코 아니다.

더욱이 시를 쓴다는 것은 그 자체를 한 걸음 나아가 더 깊게 생각하는 일이다. 시를 쓰도록 만들게 하는 역학적 관계가 분명히 있다.

그것은 무엇인가? 바로 마음이다.

2026년 2월부터 글벗문학회, 계간 글벗, 도서출판 글벗은 '글벗창작아카데미'를 개설한다. 이에 1월에 열린 시범 강의에서 시인들에게 이렇게 말한 바 있다.

"시 공부는 글 쓰는 공부라기보다는 마음을 쓰는 공부다."

시의 내용과 글쓰기는 마음에서 비롯되기 때문이다.

시가 좋고 궂음은 각자가 느낌인 '감동'에 달려 있다. 독자의 가슴을 울리는 '감동'이라는 도대체 무엇일까? 이는 지고지순(至高至純)한 마음에서 우러나는 마음의 울림이 분명하다.

빈센트 반 고흐(V. Gogh)는 그가 친구에게 보낸 편지에 이렇게 쓰고 있다.

"타인이 그려놓은 캔버스에 의하여 배우는 것보디는 화가가 직접 자연에 눈을 돌려 여기에서 표현의 샘(泉)에서 찾아내야 한다."

이번에 세 번째 시집 『들꽃의 노래』를 상재(上梓)하는 송미옥 시인은 무엇을 어떻게 쓸 것인가를 준비하고 시를 쓰는 시인이다. 다시 말해서 '마음으로 시를 쓰는 시인'이라고 감히 말할 수 있다. 시인이 마음속에 시가 준비되어 있지 않다면, 그 아무리 표현의 기술, 묘사의 기법을 배운다고 해도 결국 한 편의 시도 써내지 못할 것이다. 사실 마음이 글감을 보게 하고 만들어주는 역할이 시 공부의 핵심이다.

얼마 전 한국의 현대 시조 문학을 대표하는 원로 시인 이상범(1935~) 선생님께서 영상으로 만나 뵌 적이 있다. 시인은 등단한 지 어느덧 60년의 세월을 넘었다. 그럼에도 시인은 날마다 창작의 열을 불사르고 계시다. 인근의 공원을 산책하면서 아름다운 자연의 모습을 사진에 담는다. 그리고 디카 시조를 쓰신다. 다시 말해서 마음이 글감을 찾는 것이다. 적어도 시인이라면 날마다 마음으로 글감을 찾아야 한다.

송미옥 시인의 세 번째 시집 『들꽃의 노래』의 80편의 시 작품을 탐독했다. 역시 마음으로 글감을 찾아 쓴 시이자 노래였다. 그 감회를 정리하면, "들꽃을 통해 얻은 사랑과 행복의 변주곡"이라고 말하고 싶다.

송미옥 시인은 제주도에 거주하는 시인이다. 자연을 보고 인생을 그리면서 시를 쓰는 시인이다.

그렇다면 그의 시에 드러난 핵심적인 가치는 무엇일까? 분석한 결과, 꽃(117회), 사랑(29회), 행복(17회), 희망(8회) 등이다. 이에 필자는 그의 시적 특징을 제주도라는 자연에서 찾은 '들꽃으로 노래한 사랑과 행복의 변주곡'이라

고 말하고 싶다. 다시 말해 송미옥 시인의 시는 들꽃에서
얻은 깨달음과 성찰 곧 사랑과 행복의 노래인 셈이다.

　　좁다란 길목 풀섶에
　　키 작은 들꽃 소곤소곤
　　앙증맞은 눈길이
　　사랑스럽다

　　눈물겨운 작은 세계
　　화려하게 단장한
　　그 어느 꽃보다
　　순수한 네 모습에
　　내 마음은 너에게로
　　푹 빠진다

　　엉거주춤 집으로
　　돌아오는 길은
　　참으로
　　따뜻하다

　　나도 누군가의 따뜻한
　　위로가 되고 싶다
　　– 시 「들꽃의 노래」 전문

　송미옥 시인의 시집 표제시다. 시인은 제주도에서 만나는 다양
한 들꽃을 노래하면서 자신과 동일시하는 물아일체의 기법을 활
용한 시작품이다.

프랑스의 실존주의 철학을 대표하는 철학가 마르셀(G. Marcel)은 이렇게 말한다.

"경험의 장이 다름으로 해서 삶의 모습도 차이가 생기고, 감각 기관도 달라진다. 그렇기 때문에 전달 내용이 다르다."

송나라 문장가 구양수의 삼다법(三多法)처럼 다독(多讀), 다작(多作), 다상량(多商量)의 기법도 필요하지만, 무엇보다도 중요한 것은 자기가 체험했던 인생사를 자기의 철학에 맞추어 자기가 느끼는 대로 적어 가는 것이 시의 문장이다.

시 쓰기는 손끝으로 배워가는 기술이 아니라 마음이 중요하다. 『논어(論語)』에 이런 말이 있다.

"심재불언(心在不焉)이면 시이불현(視而不見)"

(마음에 있지 않으면, 보아도 보이지 않는다)

다시 말하면 좋은 시를 쓰려면 우선 독자의 마음에 '감동'을 갖게 하는 일이다. 따라서 감동했던 일, 특별히 인상에 남았던 경험을 시로 옮기면 좋은 시가 되는 것이다.

모진 추위 이겨내고
살며시 얼굴 내민 생명
사랑스럽다

겨울이 지나면
새봄이 오듯 시간은 늘
흐르고 흐르네

찬바람 속에서도
희망의 새싹은 조용히
준비하네

눈 덮인 들판 위에
손길 닿으면
새롭고 화사한 봄이
꽃망울을 틔우고

우리 모두의 봄을
희망으로 품고 싶네
– 시 「희망으로 눈 뜨는 봄」 전문

 자연은 우리에게 하나 되게 하는 가르침을 준다. 그 때문
일까? 시인은 봄의 계절 속에서 나무와 꽃, 그리고 바람에
게 말을 건넨다. 한마음이 되고 싶고 희망을 얻고 싶은 것
이다. 자연은 우리에게 하나가 되는 가르침을 준다. 그 때
문일까? 시인은 길가의 나무와 꽃, 그리고 바람과 소통하
면서 한마음이 되고 싶은 것이다.

아직은 눈바람
매서운데
어찌하여 삭풍 안고
성급하게 꽃단장하고
나왔는가

청초하고
고아한 여인 같은
꽃이여

지조의 향기를
너 홀로 내는구나

철없는 너의 고혹한 향기
추워도 그 향기 팔지 않기를
- 시 「설중매」 전문

　시인은 꽃을 인생과 빗대어 표현한다. 꽃과 여인, 눈바람
과 꽃단장이 그렇고, 꽃향기와 물질, 자연 속에서 인생을
찾고 지혜와 희망을 찾는다. 그것이 바로 살아가는 멋, 변
화무쌍한 꽃의 삶 속에서 인생을 깨닫고 성찰하는 것이다.

좁다란 길목 풀섶에
키 작은 꽃 한 송이

차가워진 바람에도
아랑곳하지 않고
노랗게 방실방실 해맑게
웃는다

환경 탓 않고 납작 엎드려
주어진 환경에 순응하며

밟혀도 오뚝이처럼
일어서는 강인한 생명력

오고 가는 이들에게
따뜻한 위로가 되어준다

어찌 사랑스럽고
아름답지 않으리
- 시 「민들레 사랑」 전문

제주도에는 어디를 가나 바람이 존재한다. 하지만 제주도
의 삶과 정서는 바람에 불면 흩어지는 것이 아니라. 바람
이 부는 나뭇가지는 물론이고 꽃과 땅에도 강한 생명력이
일렁거린다. 오고 가는 이들에게 따뜻한 위로가 되고 바람
에 날려 새로운 꽃이 피는 아름다운 사랑이 되는 것이다.

잎이 지면 꽃이 피고
꽃이 지면 잎이 피네

기다림으로
피어나는 애달픈 사랑

행여나 만날까
애틋함에 꽃대는
목이 자꾸만 길어지고
기다림에 길어진 속눈썹

피고 지고
피고 져도 만날 수 없는

아련하고 슬픈 꽃이여

만날 수 없는 그리움
임 향한 설움이던가
– 시 「상사화」 전문

빈센트 반 고흐는 "삶을 사랑하는 최선의 길은 사랑하는
것이다."라고 말한바 있다. 서로 만나지 못하는 기다림의
사랑이지만 사랑이란 한 사람 한 사람이 품는 희망의 역사
라고 말할 수 있다. 설움이 될지언정 세상의 아름다운 꽃
으로 '상사화'는 그 의미를 더하는 것이다.

비 내린 뒤
아주 잠깐 폈다가
금방 사라지는 무지개는
신기루 같아

자연이 빚어낸 걸작
하늘 도화지에 자연이
화가가 되어 그려낸
아름다움

마음을 신비로 물들이고
희망을 심어준다

경이롭게 피어나는

일곱 빛깔 화음으로

순간의 풍경이
시가 되어 흐른다
- 시 「무지개」 전문

자연이 빚어낸 아름다움은 곧 시가 된다. 사랑은 우리가 바라는 모든 것을 탄생시키는 샘물이자 시며 노래다. 무지개가 마치 하늘 도화지에 그려낸 화가의 작품처럼 시인의 가슴에 그리움을 그리듯이 아름다움을 그린다.
"모든 아름다움에는 사랑이 있다."
플라톤의 말이다. 누군가에게 어떤 사물에서 아름다움을 느낀다면 그 안에 사랑이 있다는 증거다. 사랑과 아름다움은 떼려야 뗄 수가 없는 존재다. 우리가 어떤 대상을 아름답게 만들고 싶다면 그 안에 사랑을 넣으면 된다. 사랑의 마음으로 다가가면 된다. 시인은 자연 속에서 아름다움을 만나고 사랑을 넣어 아름다운 시 한 편을 쓰는 것이다.

눈보라 속을 헤치며
살아왔던 날들의 지친
모습을 뒤돌아본다

자연에 순응하듯
어느새 흰 머리가 여기저기에
솟아난다

우리의 삶은
즐거운 일과 기쁜 일보다도
고통과 아픔의
슬픈 날이 더 많다

지금은
고통마저 추억이 되었다

이제
삶의 무게 줄이고
아름다운 사랑으로
보듬는다

행복이라는 여백으로
넉넉히 채우며
  - 시 「여백의 삶」 전문

　세월은 흘러가고 시간은 모든 것을 사라지게 한다. 하지
만 시인은 언어로 그 사라짐의 여백을 기록한다. 그 기록
은 잊히지 않는다. 왜냐하면 시는 인간의 마음으로 머무는
가장 오래된 장소이기 때문이다.
　송미옥 시인은 매일 한 편 이상의 시를 쓰고 있다. 여백
이라는 내면 가꾸기에 열정을 다하고 있다.
　진정한 행복은 바로 내 마음 가꾸기에 있는 것이다. 자연
에 순응하면서 고통과 아픔을 이겨내고 그를 추억 삼아 사

랑으로 보듬는 삶. 행복이라는 여백으로 시를 쓰면서 이제
시인은 삶을 아름답게 보듬는 것이다.

> 생명의 근원인 물은
> 돌고 돌면서 끝내
> 바다로 향한다
>
> 흐르는 대로
> 담기는 대로
> 높은 곳에서 낮은 곳으로
> 순리대로 흘러가는
> 겸손의 미학
>
> 나도 물 같은 사람이 되고 싶다
> － 시 「물」 전문

 시인은 물처럼 사는 삶을 추구한다. 흐르는 대로 담기는
대로 높은 곳에서 낮은 곳으로 자연의 순리를 따르는 삶을
추구하고 있다. 시인이 추구하는 겸손의 미학, 생명의 가치
인 셈이다. 역시 이 시에도 물아일체(物我一體)의 삶을 노
래한다. 시인은 자연과 하나가 되는 삶을 통해서 사랑과
행복을 노래한다.

> 저 멀리
> 눈 내리는

저 산 너머
그리운 겨울을
떠올립니다

난롯가에 앉아
따뜻한 온기에
눈빛으로 느낌으로도
전해지는
그리운 것들
모락모락
굴뚝의 연기 추억으로
피어오릅니다

기나긴 밤
온돌방과 사랑방에
옹기종기 모여 앉아서
이야기들이 익어가는 시간

그 꿀맛 같은 기억들이
향기롭게 번집니다

저 깊숙이 머물던 감정의
흐름을 타고
내 마음 한구석에
고요히 머뭅니다

다시 만날
봄날을 기다리며
- 시 「겨울 이야기」 전문

누구나 자신의 경험은 자기만의 소중한 이야기다. 행복한 경험일수록 그 마음은 더욱 강해진다. 참된 행복은 자신뿐만 아니라 다른 사람까지 행복하게 해주기 때문이다. 그의 시적 표현은 쉽지만 평안하다. 가슴에 남는 여운도 가볍지 않다. 시 한 편, 한 구절이 독자의 마음에 행복으로 다가오기 때문이다. 그의 감사한 인생을 행복으로 쓴 시다.

> 오늘은
> 뭔가 좋은 일이
> 아니면 내일은 좋은 일이
> 이런 기대감은
> 아침이면 어제라는 꿈이고
> 말지만
>
> 또 지나간 그 자리에
> 또다시 기대감 속에서
> 오늘을 살면서
> 우리는 희망과 행복을
> 기다린다
>
> 그 행복조차도
> 사라질 꿈일지라도
> 오늘의 희망 속에서
> 기대감을 가지고 살아간다
> ─ 시 「살아간다는 것」 전문

인생에서 사랑과 행복은 기다림이자 희망이다. 시인의 말대로 살아간다는 것은 기다림의 연속이다. 봄이 가면 여름이 오고 여름이 가면 가을, 겨울이 다가온다.

시인은 오늘도 들꽃을 노래한다. 들꽃을 만나면 아름다움으로 사랑하고 시로 쓰는 행복을 노래한다.

미세한 바람에
흔들리는 여린 가슴

누가 애써 가꾸지 않아도
길섶에 다소곳이 피어
날 바라보고 있는 줄
몰랐다

너의 마음속 뿌리는
얼마나 강한 걸까

바람에
흔들리고 흔들려도
동그랗게 일어서는
가련한 생명

내 사랑하리라
– 시 「들꽃」 전문

요약하면, 송미옥 시인의 세 번째 시집 『들꽃의 노래』

에서 '사랑과 행복의 변주곡'을 만날 수 있었다.

송 시인은 가슴에 아름다움을 많이 쌓아둔 사람이다. 그래서 가장 행복한 사람이기도 하다. 날마다 가슴의 곳간에 좋은 이야기, 아름다운 이야기를 많이 채우고 있다.

시인은 들꽃을 통해서 아름다움과 존재 이유를 깨닫고 삶의 현장에서 느끼는 아픔을 치유하고 있다. 마침내 시를 통해서 그 모든 것을 정화하고 있다.

이 시집은 한 개인의 서정에 머물지 않는다. 우리의 삶의 모습이며 보편적인 사랑과 행복의 노래요, 삶의 변주곡인 셈이다.

시인은 자연 속에서 시를 쓰면서 삶을 누리고 견디고 있다. 그렇게 시인의 언어는 우리의 언어가 되고 그의 시가 우리의 노래가 되는 것이다. 이것이 송미옥 시인 시집 세 번째 시집 『들꽃의 노래』가 남긴 미학의 본질이다.

이 시집은 결국 자연과 인간, 한 인간의 삶이 시가 되는 노래다. 세월의 언어로 쓴 개인의 역사, 그의 노래가 곧 이 평설이 말하고자 하는 것이다.

송미옥 시인의 '들꽃에서 찾은 사랑과 행복의 변주곡'이 많은 독자들의 가슴을 울릴 수 있으면 좋겠다.

아울러 끊임없이 나눔과 배움으로 정진하는 시인이 되길 소망한다. 그의 건승과 건필을 기원한다.

■ 글벗시선 238 송미옥 세 번째 시집

들꽃의 노래

인 쇄 일 2026년 2월 27일
발 행 일 2026년 2월 27일
지 은 이 송 미 옥
펴 낸 이 한 주 희
펴 낸 곳 도서출판 글벗
출판등록 2007. 10. 29(제406-2007-100호)
주   소 경기도 연천군 연천읍 현문로 433-27
　　　　　 종자와시인박물관 내
홈페이지 https://cafe.daum.net/geulbutsarang
E-mail pajuhumanbook@hanmail.net
전화번호 031-834-9493
　　　　　 010-2442-1466
팩   스 031-834-9498
가   격 12,000원
I S B N 978-89-6533-313-5 04810

* 잘못된 책은 바꿔 드립니다.